JN120059

お便り

―風より―

Sumika
素味香

文芸社

明ける空　ひときわ光る　ひとつ星

本文挿絵　まえの ゆみ

もくじ

君に手紙を

君に手紙を書こう
まだ何も知らず　わがままで　夢見がちだった君が
外の世界へと足を踏み出しかねて　じたばたとあがいていた
あの頃の君に

苦しかったね
無我夢中だったよね
君には理想があり　それが励みにもなれば自己嫌悪にもなり
傲慢　自己満足

嫉妬　他者否定　自暴自棄……
泣いたり　わめいたり　有頂天になったり
希望と絶望のジェットコースターの日々

君がやっていたのは自分自身を相手の独り相撲で
周囲からは　何をそんなにいらついているのかと理解されることもなく
そんな周囲さえうざったくて……

結局
自分がわからなかったんじゃないのかな
周りには全く目も向けずに自分独りの世界だけで自分を探していたから……
まだその時には　きっと自分は何者でもなかったんだよ

自分の根っこってやつは　生まれてから死ぬまでくっついたままであったんだけれど
世の中でもみくちゃにされているうちに　見失い　生き方さえわからなくなって

たぶんね
そうじゃなかったのかな

たくさんの人たちと出会い　交流し　戦い
たとえば点数なんかで肯定や否定をされたり
いろいろなことで勝った負けたと褒められたり叱られたりして
正直に行って損をし　ズルをしたら得になったりと
まったく世の中抜け穴ばかりじゃないかと驚いたこともあった
一見平穏そうだが　勝ち組　負け組を決めつける風潮も流行り
高笑いをして満足をした人も中にはいただろうが
たいていの人たちは自分だけが損をしたと思い込んでしまったようだ

家族が　成績が　部下が　車が　服が　美容が　健康が……
人間には際限のない欲があるから生を保っていけるのかもしれないが

この頃ときたら死からも逃れようとあがくしまつ
誰もが不慮の死は望まないが
生物としての命の終焉は迎えなければならない
どうやら　その見極めさえも難しい時代になってきたようだ

そういう時代の混沌を思うと
君の若い頃の煩悶が　いかに健全だったか……
むせかえるような焦り　喜び　成長のエネルギー
こんなわかりきったことを　今さら手紙に書いて
あの頃の君に伝えたいなんて　笑っちゃうよね
迷いに迷い　泣きべそをかいていた愛しい君

君は今　自分の根っこを見つけて　もう迷うこともない
自分の根っこを見つけることができるのは本人だけ

その時　同時に周りの人たちをも発見し　独りの世界から抜け出して
今生きている世界の豊かさに気がつく
独りの世界はあり得ない
水に　空気に　食べ物に　エネルギーに
医療　教育　介護　コンビニ　家族　友人隣人　地球に
あらゆるものに含まれ　包まれ　守られて生きてこられた
これからも　ずっと……
そんな　当たり前のことを
当たり前のお便りにして
君に送ろう
どうか君に届きますように

―風より―

変だよ

僕はもともとムッツリ屋さんなのさ
ママはとっても上手にお喋りができるのにね
「あんたは私の言うとおりにしていればいいのよ」
ママの言うとおりにしているとみんなが褒めてくれる
黙っていても　ママがなんでもやってくれるし
たまにムカッとくるときもあるけれど
すかさずご機嫌をとってもらえるから
人生はまあまあだと思っていた

ところがある日
そういうふうに回転していた歯車が急にギクシャクしだした
仕事場から戻ってきたママが大声で喚き散らしている
どうしたんだろう？
ある人の悪口をさんざん怒鳴っている最中（さなか）にその人から電話が入ると
別人のように愛想よく笑って受け応えをしだした
電話が済むとまた豹変して　前よりももっとひどく罵る
僕はたまりかねて耳を塞ぐ
悪態はいつまでも止まない
（パパ　ママを止めてよ　変だよママ）
でもパパは知らんぷり
当たり前だ
僕はいつでも声に出してお願いをしない
ちょっと嫌な顔をするだけで全てはうまく解決されていたから

ところが　今のママにはそれが通用しない
どうすればいいいんだろう

僕は一切口をきかないことに心を決めた
喋らないでいると　いろいろなことに気がついた
一方で僕の周りは大騒ぎを始める
「どうしたの　ねえどうしたのよ?」
(だから　自分で反省してよ　僕なんかに聞かないでさ)
心の中でそう言ってプイと横を向く
(これが僕の返事さ
　自分が悪いんだから　自分でよく考えてよ)
絶対に口をきいてやらないぞと僕の決心は固くなる一方なのに
両親は喋れ喋れと責めたてる
(誰が教えてなんかやるものか)

意地を張り続けていると　涙がポロポロこぼれてきた
（――口をきかないと　涙が出るんだ……）
もう誰とも顔を合わせたくなかった
外出するのさえ億劫になり　暗い室内で息を殺してうずくまる日々

ドン　ドン
ドンドン　ドン
ノックの音が心臓に突き刺さる
手足が震えて　やたらとトイレに行きたくなる
（どうして？
どうしてこうなっちゃうの？
みんな自分のことなのに自分で解決しようとせずに
僕を捕まえて喋らせようとするの　どうして？
ほっといてよ

ああ　僕にはもう居る場所もない……)
「あんたが何を考えているのかわからない
ちゃんと言ってちょうだい」
(僕が考えているのは　あんたがでたらめだってことだよ
そんなこと言えるもんか
それ以外には何を喋ったらいいのかわからないよ
僕が僕自身をどう思っているかだって?
これから何をしたいのかって?
そんなことわかるもんか
わからないんだから　喋れないよ
今はっきりしているのは　あんたはでたらめ　それだけ
あんたの問題だからあんた自身が何とかして)
パパとママは自分たちのことはほったらかしにして僕の心配ばかり

友達　知人　学校　親戚みんな総動員で大騒ぎ
とうとう僕の居場所は本当にどこにもなくなってしまった

世の中では　どんなにでたらめでもいいから　とにかく　喋り続けていなければならない
いらしい
笑ったり　怒ったり　泣く真似をしたり　すねたり　甘えたり……と
でも　でたらめを言うくらいならばと沈黙を選ぶと　絶対に許してはくれない
たとえ許してもらえなくても　その時の僕は何も言うことができなかったんだ

その後
僕が大変な時間をかけて　僕の本当の気持ちだけを言えるようになると
みんなは忙しそうにそっぽを向く
最後まで話をさせてくれない
どうして？

あの時　あんなに僕の気持ちを聞き出そうと無理矢理にドアをこじ開けようとしていたのに……
きっと　みんなが聞きたかったのは僕の本当の気持ちなんかじゃなかったんだ

僕は目の前の気になることを解決しないと先に進むことができない
みんなは一度にたくさんのことを抱え込んでも自由に楽しくやっているけど
僕にはそれは無理だ
とても同じようにはできない　無理なんだ！
他の人のことなんかどうでもよくなって　ようやく僕は　僕のための僕の言葉で僕の思いを語ることができるようになったのさ
だから　ねえ　誰か聞いてよ　僕の言葉を

ええ　ええ　話してください
私はずっとあなたのそばに居ましたよ

有頂天になったり
孤独に震えたり
蔑みや怒りに心を燃やし続けていたあなたのそばに
言葉にならない思いで体をいっぱいに膨らませて　はちきれそうだったあなたの純情
　を見つめながら
だから　今　あなたの思いをあなたの言葉で聞くことができて　嬉しくてたまりませ
　ん
尽きることのない小川のせせらぎのようなあなたの声に
失わなかったあなたの優しさが溢れて　こぼれて　輝いている

―風より―

海辺の少女

一日の仕事を終えて駅から吐き出される人々
とある大きなお屋敷の前で立ち止まって　しみじみとその家を見上げている人がいる
（こんなに立派な家の主（あるじ）は周囲からさぞや羨ましがられていることだろう
だがひょっとすると　その人は人が思うほど幸福とは限らないぞ
家の中には働きに出られない子供が居座っているのかもしれないし
その子は外へも出ずに家に籠ったまま　訳のわからぬ屁理屈で親たちを責め苛（さいな）んで
……）
彼は大きなため息をつくと　重い脚を引きずるようにしてまた歩き出した
（あの子たちは高学歴の親の所へばかりやってくる

学歴が高くない親の所へは現れないんだ
全く　世の中ってやつはよくできているものさ
だから　これは避けられない宿命なんだ)

彼が戻った家には三十も過ぎた娘が居て　棘だらけの視線で親を迎える
(やれやれ　明日の朝までこの子と過ごさねば……)
父親の思いを水のように汲み取って　娘は戦闘モードに入る
彼女には親たちに伝えたい思いがあった
一人きりの日中にそれが肥大化し　手の付けられないモンスターになり
いざ親たちが帰宅すると　話の糸口さえみつけられず　不機嫌に黙り込む
ところが無視をしているのかと思うと　突然堰を切ったように憎しみをぶつけてよこす

私はこの娘を知っていた
その時まだ三歳にもならなかったこの娘は　とある海岸で懸命に砂をいじっていた

母親の実家に連れて来られて　遊んでいるうちに母親はこっそりと彼女を置いて帰って
　しまった
寂しさ　悲しさ　心細さ　騙された切なさであふれんばかりの心を
砂を掘りながらじっと耐えていた　耐えていると自分で自覚もできないままに
「泣いてもいいんだよ」
私はその小さな体をそっとくるんであげたものだった

その子はひと月余りも祖父母と暮らし
母親が迎えにきた時には　祖母をママと呼んでいた
「居なくなって寂しい」
祖母からの手紙を読んで母親は苦り切った
（私にはどうしてもやらなければならないことがあったから頼んだだけなのに……）
幼女のあの切ない砂いじりを私は母親に知らせてあげたかった
しかし　母親の頭の中には自分の仕事の段取りしかなく

両親はともに子供に費やす時間も惜しんで勤勉に働いていた
その子は同じような体験を積み重ねながら成長していった

やがて　社会人になって働きだした彼女は色々なことにつまずいて
どうして上手くゆかないのかわからないままに　またつまずき
転びながらどんどん意欲を失い　とうとう家に籠ってしまった
(――世の中に適応できない人間は一定の割合で生まれてくるものだ)
両親はそう思って納得し　諦めようと努めている
(あの子は私たちの不幸の素(もと)だ)と

しかし
「不幸」はそう思った瞬間に生まれて育つのではないか？
無力な風でしかない私は　激しくいらだち
あの幼かった子供が今でも持ち続けている両親への切ない愛情を

すがりつきたい弱い心を
身動きが取れないままあがいている苦しさを
そうやって冷たく決めつけたりなんかしないで
ありのままに受け止めて　できれば　わかってあげてほしいと
伝えたくてたまらないのですよ

―風より―

事故

ふとした事故で思わぬ保険金が舞い込んできた家族
仕事ができなくなった父親が遊び惚(ほう)けて　家の中には夫婦の争いが絶えなくなった
憎み合いは募る一方で　二人には子供の声も耳に入らない
やがて金が尽きると父親は家を去り
静けさを取り戻した家の中で
「ねえ　ねえ」
子供の声だけが響く
しかし　その声は母親の耳には届かなかった

大人になった子供は　それでもなお「ねえ　ねえ」と言い続けて
母親だけしか見ようとせず　母親だけを追い
他に何もしなくなって　終日布団の中で過ごすようになった
瞬く間に　歩くことも　考えることもままならなくなり　周囲をやきもきさせた
いろいろな人たちの働きかけのおかげで自由に歩けるようになった子は
入所していた施設を抜け出して家に戻り
母親を追いかけまわす
懸命に逃げる母親
そんなある日　子供は屋根から飛び降りてしまった
「やったあ！」
彼に追われて疲労困憊（ひろうこんぱい）だった母親は歓声をあげた
これでやっと子供から解放される
骨折した子供は施設に入ったままの車椅子生活となり
外出することも帰宅することも禁止された

月日が経って独りの落ち着いた生活を送るうちに
母親はすっかりと考え込んでしまった
（あの子はただ私を求めていただけだったんだわ……）
親子を見つめ続けていた私は痛々しくてたまらない

そうですね
でも　あの大騒ぎの日々に考える暇はありませんでしたよね
満たされぬ際限のない彼の思いに止むことなく追い立てられたあなたも必死でした
もちろん　彼はより必死でしたが
〝戻ることのかなわない昔の日々にかえって抱きしめてあげたい〟
そんな今のあなたの思いを　せめて私は車椅子の人に届けてあげたい
彼もあなたを苦しめようなどとはちっとも思わず
ただ　しがみついていたかっただけなのにと

毎日　思いながら過ごしています

―風より―

トラブルメーカー

私たち風は気象条件によって生まれ　育ちます
気象の条件次第ではあなたやあなたのかけがえのないものたちを
一瞬のうちに海の藻屑とすることもありますが
たいがいは　ひっそりとあなたのそばに寄り添うばかりです
ある大学生の話をしましょう
彼は一浪した後に念願の大学に入り　独り生活を始めました
やりたいサークルにも参加して充実した日々でした
そんなある日　中学時代の同級生がひょっこりサークルに現れました
「あれ　なんでお前ここにいるの？」

咎めるような尖った声
中学時代に一緒に部活をした仲間とも思えません
「お前もこの大学に入っていたのか　知らなかったよ」
のんびりと応える彼
二人の学部は全く違っており　元同級生との偏差値の開きも大きいと言えます
中学時代と成績が逆転してしまっていたり　サークル活動をすでに謳歌していたりと
その元同級生は彼に面白くない気持ちを持ったのかもしれません
「あいつ　中学時代に虐められていたんだよ」
こっそりと触れ回りました
確かに中学入学早々に　彼にはそういうことも起きました
でも周囲の助けを借りて乗り越え　その後も屈託なく中学・高校と学生生活を送りました
た
ところが
あんなに親しかったサークルの仲間たちが距離をおきだしました

何かちょっと変だなと思っているうちに煙たがられ　避けられ
はじめは訳がわかりませんでしたが
どうやら元同級生の仕業らしいと気がついた時には
サークル全体が露骨に彼を嫌がっていました
張本人の元同級生はといえばサークルはおろか校内にも見当たりません
一体どこへ消えてしまったのでしょうか

思い返すと　目立たない　気弱な少年だったその同級生と
中学卒業直後にばったりとコンビニで出会ったことがありました
同級生は「見てて」と言うなり目の前で万引きをしてニッコリと笑いました
その時彼はあまりのことに言葉を失って　得意そうなその同級生を睨み返すことしかで
　きませんでした
短い間にすっかり変わってしまった同級生にはずいぶんがっかりとさせられたものでし
た

それ以来　つい先日のサークル訪問までは彼と出くわすこともありませんでしたが
その男が鼠のように現れて旋風を巻き起こした　と思う間もなく消え去り
その大学生の学生生活を一変させました

彼は今　サークル室の椅子に陰気に座り　仲間の様子を窺います
「よう　聞けよ！」
発言があまりにも無視されるとキレます
ついでに机や椅子も蹴るので　ますます敬遠されます
こういう不愉快な所はさっさと去るべきなのですが
みんなもそれを望んでいるのに　彼はそこをやめようとはしません
純情でお人よしだった若者が　卑屈でオドオドした男に変わってゆき
私はもう見てはいられません
「何をしている　そんな所から一刻も早く離れなさい！」
でも　風の声など届きません

勉強もサークル活動も自分で選んだから変えるつもりがないのです
「だったら　卑屈になるな　悪いのはあいつらだ
　どうしてわからない　　よく目を開け！」
風の言葉は　ひゅーひゅー　すー　ぴー

人を素直に信じられる彼は　周囲のサポートをすんなりと受け入れ支えられて
中学時代の虐めを自分を損なうことなくクリアーしました
その強みと弱さは長所でもあり時には短所にもなります
彼にはそんな自覚さえないのでそこが隙となって今回はどんどんつけこまれます
何一つ変わっていない自分が突然毛嫌いをされ　疫病神のように扱われて
知らず知らずに持っていた自信とプライドを根こそぎ失い　惨めに吠えています
「どうせ俺はトラブルメーカーなんだろう！」
「冗談じゃない
　君は何も悪いことはしていないじゃないか

教室では研究に行き詰まって困っているクラスメートを真剣にアドバイスして励まし
　助けているし……
何よりも勉強に興味を持って打ち込んでいるじゃないか
教室中が第一志望の有名大学に落ちた劣等感を引きずったままの雰囲気だというのに
全く君のような誠実な人を見つけるのはとても大変なんだ」
私のひゅーひゅーすーぴー荒れ狂う声が彼の耳に届くのはいつのことでしょうか

ねえみなさん
みなさんにはもうわかっていますよねえ
彼らが本当に怖がっているのは　虐められた人ではなくて
自分が虐められることだって
自分に虐めの影が忍び寄らないように全力で逃げ切る覚悟をしているから
虐められた彼が疫病神に見えるってことが
でもね

そうやって悲壮な覚悟で守ろうとしている大切な自分の
何が一番大切なのかな？
そうまでしてやりたいと思う自分の大切なことって
本当に曲げずにしっかりとやり通せられるものなのかな？
私はそれを見てみたいと思っているのですよ

—風より—

おはぎと青空

あれ？
朝　目覚めると　何かがいつもと違っていた
周りにあるのは見慣れた家具や布団
なのに　昨日までとはまるっきり変わってしまっている
何もかも
天井に目をやると　にわかには信じられない光景が……
なんと　青空があった

おぼつかない心持ちのままで台所へ行くと

やっぱり天井がない
戸棚を開けると　おはぎが皿の上に二つ
昨夜母が作ったおはぎの残り
屋根はなくなったのに　おはぎは　残っている
ちゃんと　戸棚の中　皿の上に…
少女が生涯忘れ得ぬ　おはぎの奇跡

おはぎの少女はいじめっ子たちの隠れボス
でも　次の年にはグループナンバー2の手下実行役にその座を追われ
元仲間たちからの激しく露骨な陰口を一人でじっと耐え忍ぶこととなった
あっぱれ　タフなおはぎの少女
虐めの熱病は中学生になると　部活の熱血体罰教師に吸収されて
彼との闘いに一致団結をしてしのいだ少女たち

戦う少女たちもそれぞれに成長して大人になった
おはぎさんも子を授かり　その子の病弱や虐めに悩まされた
成長した子供は「嘘つき」と言われて　職を転々とする
――子の面倒は二十歳(はたち)まで　二十歳を過ぎれば一人前――
その子を家から出して　一切の面倒をやめた
結局その子は独り立ちすることもかなわず
誰からも援助を受けられず　住所を持たない人となる
それでも母親の決意は変わらない
しかし　半面　その下の娘家族とは大変親密なのだ　おはぎさん

ところが溌剌たるおはぎさんを突然の病魔が襲い
あっけなく一生を終えることとなった
残された夫は長男に「一緒に住もう」と誘う
住所不定の息子の答えは「ノー」

長年の過酷な生活環境は息子の体を蝕み
それから一年もたたないうちに
遠い空の下　とあるベンチの片隅で　ひっそりと息を引き取っていた

母親と息子との長い深刻な葛藤を知る由もない人々は
ここに至って真相を知り　ただただやるせない思いにとらわれる
「あの仲の悪い　最悪の二人が　空の世界でどうやって暮らしていることやら」
夫の気持ちも複雑らしい
過去にはいろいろな気象条件が重なったために私も彼女の屋根を巻き上げてしまったが
人間たちの心の気象条件もどうやら複雑に入り組んでいるらしい
お二人には　地上で果たせなかった思いを
せめて天上でゆっくりと温めて　満たされた心地で過ごしていただきたいと
心から願って　お便りを出したい

―風より―

風のララバイ

あなたの心の奥の奥
しまって忘れた　かすかな震え
確かに感じた　あの想い

瞬時に匂って　香ったけれど
通り過ぎては　消え去った
一つ一つよ香りのカプセル

怯える心
沸き立つ心
憎む心
楽しむ心
パチン　パチンとはじけては
かぐわしき華を舞い上げる

風は華の余韻をもてあそび
道行く人の　鼻孔をくすぐる

「おや？」
誰かが　立ち止まる
「いつか　どこかで嗅いだような……
あれは　いつのことであっただろうか？」

あなたの心の奥の奥
しまって忘れた　かすかな震え
確かに起こった　あの想い

心細くておののいた
祈る心
燃える心
悲しむ心
満ち足りた心
瞬時に移る　たくさんの風の綾なす心模様
震えてやまぬ
流れてやまぬ
どこまでも

いつまでも
いつまでも
どこまでも

しばし　立ち止まってごらん
追いかけてごらん

—風より—

全くもって　実に偉そうに……

悲しいうた
寂しいうた
惨めなうた
心折れるうた
目を覆い　耳を塞ぎ
時には　鼻や口まで覆わなければ間に合わないほどの
そんなうたさえ流れてくる
風に乗って

その中には　本当のこと「真実」もあれば
根も葉もない「真っ赤な嘘」もある
たとえ真実であったとしても
「だから　上手くやらなきゃいけないんだよ
　低能だからそんなめにあったのさ
　お人よしの阿呆だから仕方がないや
　いっひっひー」
暗闇の底から　呪いのつぶやきまで立ち上がる
こんなおどろおどろした雰囲気を
風は赤ん坊から年寄りまでの全ての人たちに伝えて不安を広げ　心休まらない日常を展
　開させる

上手くやろう
楽しもう

自分だけは引っかかるまい
引っかかったヤツはざまあみろだい
そう思った瞬間から　心定まらない戦いが始まり
まだ心の育っていないか弱い者たちまでもが否（いや）も応もなく引きずり込まれる

あるいは
それが世の定めなのかもしれない

しかし
いっひっひーが大手を振って
陰険な白眼視が市民権を得てしまったならば
子供たちが一人前になったときに
「やっと成熟して大人になった」と心から喜ぶことができるだろうか
「損した　得した」の失敗を許されない不安と重圧を抱えて

生きることが苦しみや悲しみの坩堝（るつぼ）でしかなくなってしまったこの世の中で……

呑気な馬鹿者がいて
太平楽に大声をあげて
機嫌よくトンチンカンに間違いだらけの一日を終えたならば
地球は破滅するだろうか？

地球に破滅をされてはたまらない
人類が滅亡したら　そりゃあもう困ってしまう
そんな大切な地球や人類を
本当に大切だと思っているのは　一体誰なのだろう
いくら大切だと思っても　どうしていいのか見当もつかないから
せめてわが身一つだけでも大切にと心がける賢い風潮もある

でも
よく耳を澄ましてごらんよ
忘れられたうたが　低く　低く　今もずっと流れているから
温かい涙がひょこっと生まれて　ツーッと落ちてくる
体がポカポカして　元気が出る
思わず笑顔になって　手を取り合ったりなんかしてしまう
そんな　無邪気な　陽気な　愉快な調べがさ

どうしようもなくだらしない　喜びにあふれた　明るいうたを
口ずさまずにはいられない風もあるんですよ
知ってほしいなあ
もし　しょんぼりとしてしまったなら　風の音に耳を傾けてみて
風が送るいろいろな音の中から　かすかに輝く一条の光（メロディー）を

見つけてほしいな　あなたに

――か細くて　とっても偉そうな　風より――

蟻の世界

その人が生まれた家には昔から神棚があって
毎朝仏壇と神棚にお参りをするのは当たり前のことでした
たまたまその人が嫁いだ家には神棚がなかったので
子供と家族の健康を願って神棚を購入しました
毎朝お水を上げていましたが酒のほうが神様に喜ばれると聞いて
盃一杯の酒を上げることにしました
その酒を下げたら玄関先に撒くと良いそうです

ある日　ふと気がつくと玄関の周りに蟻がうじゃうじゃいました
これまでに見たこともない光景です
蟻はわずかな砂糖や食べかすにもすぐに集まってきます
もし家の中にでも入りこまれたら一大事
箒できれいに掃いてしまいました
ところが　蟻は増える一方
近くに大きな巣でも作っているのでしょうか
巣はどこかな？
ともかく蟻たちを遠くへ捨ててしまわなければ
塵取りいっぱいの蟻を　道を隔てた畑の雑草の上に運んでばらまきました

その時です

平穏だった畑の藪から　畝から　大型の蟻たちが一斉にぬっと顔を出しました

まるで　だまし絵でも見ているようです
畑は一瞬にして殺気を帯びます

失敗した！
とっさに悟りましたが　もう手遅れ
人間の何気ない行動が
蟻の世界の平和を壊しました
畑にはこんなにたくさんの蟻たちが住んでいたのです
瞬時に戦闘態勢をとれる機敏ないきものが
小さな蟻は大きな蟻の仲間なんかじゃなくて　敵
その後で起こる争いを思うと　その人は震え上がってしまいました

自分の愚かさにがっかりしても　なすすべがありません
しばらくすると　畑は元の静けさに戻りましたが　その人の心の平穏は戻りません

玄関に撒いた酒が蟻を誘ったのかもしれない
時が経ってようやく思い当たったその人は酒を撒くのをやめました
彼女の心模様をつぶさに眺めていた私は
まずはほっとしました

その人の世界　蟻たちの世界
この世の全てのものたちに
ただ　吹き渡るだけの
私は
風です

―風より―

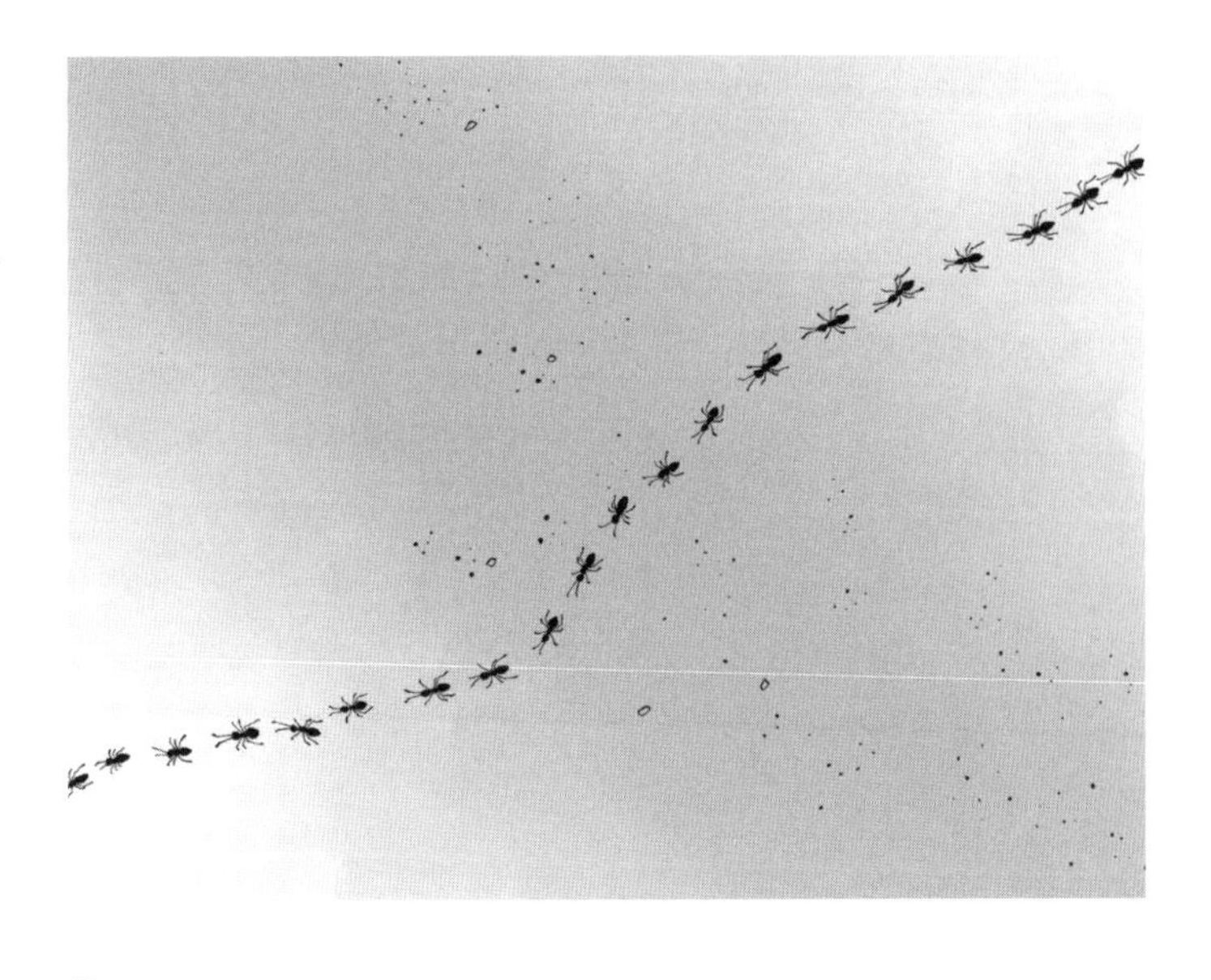

わたしよ

わたしよ
わたしはわたしの心の主人だろうか？
陽が射し　猫が横切っただけで
変わってしまう　わたしの心
果てなく移ろい　影さえ留めず
わたしは　いったいどこへ行くのであろう

あなたは
あなたの心の主人ですか？

―つぶやくだけの風より―

著者プロフィール
素味香（すみか）
新潟県に生まれる。
高校卒業後、進学のために上京。卒業後は自営業を経て介護職に就く。

著書 『老いの風景』『椅子がない』（ともに2023年、文芸社）

本文イラスト：まえの ゆみ
イラスト協力会社／株式会社ラポール イラスト事業部

お便り ―風より―

2024年6月15日 初版第1刷発行

著 者 素味香
発行者 瓜谷 綱延
発行所 株式会社文芸社
〒160-0022 東京都新宿区新宿1－10－1
電話 03-5369-3060（代表）
03-5369-2299（販売）

印刷所 図書印刷株式会社

ISBN978-4-286-25359-6